妈妈向前跑

文/[法]塞维尔–洛朗·佩提

图/陈狐狸　译/孙智绮

漓江出版社

桂林

Original title：Mon petit coeur imbécile

Text by Xavier–Laurent Petit

Copyright © 2009 by l'école des loisirs, Paris

Simplified Chinese translation copyright © 2014 by Lijiang Publishing Limited

All rights reserved

著作权合同登记号桂图登字:20-2014-055 号

图书在版编目(CIP)数据

妈妈向前跑/(法)塞维尔－洛朗·佩提 文;陈狐狸 图;孙智绮 译.—桂林:漓江
出版社,2014.10(2018.6 重印)

书名原文:Mon petit coeur imbécile

ISBN 978-7-5407-7241-3

Ⅰ.①妈… Ⅱ.①塞…②陈…③孙… Ⅲ.①儿童文学－中篇小说－法国－现
代 Ⅳ.①I565.84

中国版本图书馆 CIP 数据核字(2014)第 190095 号

策　划:谢　阅
责任编辑:谢　阅
封面制作:沈艳君

漓江出版社有限公司出版发行

广西桂林市南环路 22 号　邮政编码:541002

网址:http://www.lijiangbook.com

全国新华书店经销

销售热线:0773-2583322

山东德州新华印务有限责任公司印刷

(山东省德州市经济开发区晶华大道 2306 号　邮政编码:253000)

开本:880mm×1 230mm　1/32

印张:4.5　字数:60 千字

2014 年 10 月第 1 版　2018 年 6 月第 5 次印刷

定价:29.50 元

如发现印装质量问题,影响阅读,请与承印单位联系调换。

(电话:0534-2671218)

前言
聆听心脏的跳动，跑出强劲的生命力

孙智绮

　　这是一本必须打开耳朵倾听的"有声书"：小女孩希姗达的心跳声、沙暴的呼啸声、暗夜的虫鸣声、豺狼的远吠声、羊群干渴的哀鸣声、铁皮屋顶快被掀开的隆隆声、外婆低哑的祈祷念咒声、舅舅喃喃的哼唱声、妈妈赤脚奔跑的喘息声，以及邻居们的加油声和击鼓声。故事中充满各种各样非洲大地独特的声音，是居住在都市的人想象不到的，让我们在阅读过程中，感受强烈的生命力，不知不觉跟着希姗达数着心跳的脉动，一天又一天，欢喜坚决地迎向生命，即便那是一个脆弱不堪和饱受死亡威胁的生命。

希姗达是个九岁的小女孩，一出生就有心脏病，不能跑步、不能出门、不能和朋友玩，什么事都不能做，只要稍微用力或激动，就会喘不过气，随时都有可能"啪"的一声，一句话都来不及说就死去。她从小习惯倾听自己的心跳声，计算自己活了几天，锻炼出惊人的数学头脑。她喜欢上学，对她来说在学校只需要动动脑，是唯一可以和其他人做一样事情的地方。她把数字当好朋友，因为一个数字后面永远有下一个数字，这是一种永远有明天、永远可以继续（活）下去的感觉。她可以正确算出自己共活了三千四百一十七天；也能马上算出父母亲每星期赚五百克尔，要存到一百万克尔的手术费，必须花三十八年三个月又二十天；她还能从两棵树的距离和妈妈跑步的时间迅速计算出时速。这个小女孩不但没有被自己的疾病击垮，反而激发出意想不到的潜能。

心脏病虽然让希姗达不能跑不能跳，也让她拥有比一般人更细微的观察力。她知道大人什么时候说谎；知道杂货店老板大嘴巴藏不住秘密；知道舅舅看起来傻

傻的，其实懂很多事情；知道爸爸每次打电话说会马上回来，然而一次也没回来过。她也知道家人默默付出的爱：舅舅晚上总是睡在门口，是为了保护家人；外婆口里喃喃念着"吸气、吐气"，是为了让自己的心跳恢复正常；妈妈卖掉最肥的羊，忍着被毒蝎蜇伤的疼痛练跑，坚持参加马拉松大赛，一切都是为了自己。

希姗达生活的村庄，是一个贫穷得我们无法想象的地方：雨季来临时，大雨倾盆而下淹没马路，泥石流冲垮房屋，井水泛滥成灾。没有自来水，只有井水；没有电灯，只有油灯；没有隔间，只有一个是厨房也是卧室的房间；连张床也没有，只有简单的草席。希姗达去的医院，是铁皮屋，随时会断电。村里的人没有电视、电话，想打电话就必须到杂货店老板那里。

在这样贫穷落后的地方，现代与传统的冲突，却巧妙地取得平衡，相辅相成得到正面效果。希姗达的妈妈被毒蝎蜇伤时，老祖母教我们的是某种古老的智慧——倾听风中祖先的声音，获得无形却能安抚人心的精神力量；但同时这也并没有阻挡新老师去寻求现代医学的力量来医治。或许是因为在那样匮乏的地方，新与旧的资源，都没有拒绝的奢侈，没有对抗的余地。

　　环境的刻苦，反而突显出人情的可贵和面对困境的勇气。故事主角因为心脏的疾病，让我们看到一个母亲如何不顾一切，为孩子无私地付出，而孩子又如何以无比的坚强，努力回应母亲的爱。这种母女连心，让人动容。而作者悬疑的布局，更是让读者直到最后一刻才松懈下来，并在结局保留一个最大的惊喜给我们！读完后，不只让人感受到人情的温暖，理解生命的可贵，更提醒我们珍惜身边的每一个人，从心底涌现源源不绝的勇气与生命力！

1

天还没亮，太阳还没升起。我睁开眼睛，躺在用稻草铺的床垫上，耳朵里传来自己的心跳声。

怦咚，怦咚，怦咚。

我的心已经跳了三千四百一十七天，幸运的是它从来没停止过。

我母亲羚妈睡在离我不远的地方，我总是比她早一点醒来。

听说在欧洲或美

洲，人们住在有许多房间的大房子里。我不知道那是不是真的，但可以确定的是，在我们的村子可不是这样。我们这里每栋房子都一样，是只有一个房间的茅屋。它既是厨房也是卧室，同时也挡风、挡雨、挡太阳。我家住了四个人：爸爸妈妈睡在大窗帘后面，还有我和塔邦外婆，她的房子上个雨季被大雨冲坏了。

其实我家现在只住了三个人。我父亲贾爸在离这里几百万米远的工地工作，那个工程似乎大到永远做不完。贾爸已经两年多没回家了，他每个月都会寄一点钱给我们，然后打电话到卡特罗的杂货店，因为全村只有那里有电话。贾爸会跟卡特罗说他很好，一切平安，请大家不用担心，他很快就会回来。卡特罗听了就会跟

我们重复贾爸说的这些话，只是贾爸从来也没有回来过。

所以，现在只有羚妈、塔邦外婆和我三个人住在我们的茅屋里。

好吧！我少算了一个人，那就是班尼舅舅。他是羚妈的弟弟，一个沉默寡言、有点怪怪的大个儿。他会一边在山丘上看守羊群，一边笑，一边嘴里哼着歌。班尼舅舅大部分的时间都和他的羊群一起睡在野外，但若遇到雨季或沙暴的时候，就会过来和我们一起睡。他总是睡在门口，为了看紧他的羊群，也或许是为了保护我们。

除了羚妈、外婆和我，村里大部分的人都叫他傻子班。但我觉得班尼舅舅没那么傻，他知道的事情可多了。

妈妈向前跑

2

我微微睁开眼睛，看见羚妈起床了。

她掀起窗帘，蹑手蹑脚地走过来蹲在我身边。我一如往常地闭上眼睛装睡。羚妈早就猜到我装睡，却不拆穿我，只是静静地检查我有没有呼吸，在确定我没事之后，才轻抚我的脸颊，帮我盖上被子。我最喜欢每天早晨的这个时刻，因为这代表着：我还活得好好的。

昨晚刮起猛烈的沙暴。炙热的暴风卷起滚滚狂沙，让水源枯竭。茅屋的木板透进一阵又一阵风的呼啸声与动物们干渴的哀鸣。羊群发出痛苦的咩咩叫，狗儿金巴则像威吓敌人般地大声狂吠。

不只是动物，这里没有人喜欢沙暴。但是没有人比我更痛恨沙暴。刮风的日子，我几乎动弹不得，因为沙尘让我呼吸困难。我躺着不动，像只筋疲力尽的动物气喘吁吁，塔邦外婆则紧紧握住我的手，口中不停念着一堆我听不懂的字句。

但没有什么东西可以阻止羚妈，甚至连沙暴也不能。

她轻声说："希姗达，待会见，我马上回来。"

门一打开，一阵狂风灌进屋里，在晨曦中，我隐约见到羚妈古铜色的长腿和浅色的短裤。她钻到外面，一

溜烟跑走了。我闭上眼睛，数到二十，才起来打开门，刚好看到羚妈的身影消失在清晨之中。

有时我会闭上眼睛，想象她正在山丘上奔跑的样子。就好像我

可以听到她的喘息声，感觉到她的汗水淋漓，看到她那赤裸的双脚踩在沙地上飞奔……

羚妈每天都在跑，跑好几个小时。有人问她为什么要跑步？她会大笑着说："我不知道。要问就问我的脚吧！它们每天早上都很想跑步，我只能跟着它们跑。"

塔邦外婆点燃烟斗，张开一口没牙的瘪嘴，笑着说："我怀孕时，你母亲就在我肚子里扭个不停！她那时就已经很想跑步了。小羚没学过走路，一下子就会跑会跳……没有什么事情可以阻挡她。"

小羚的羚，就是从羚羊来的。这当然不是我妈妈的本名，妈妈的本名叫玲拉，但大家都喜欢叫她小羚。而我就叫她羚妈，意思是跑得像羚羊一样快的妈妈。

塔邦外婆继续说："小羚本来就喜欢跑步，但是我的小公主，自从你出生后，她更像个疯子般地狂跑！没有人可以让她停下来！她会一直跑到山丘的尽头，那里连牧羊人都不曾到过。就像是她想代替你跑，代替不能跑步的你跑。"

是的，我不能跑。

我的心，我的心脏……都是你，害我不能跑。

都是你，害我不能出门，不能蹦蹦跳跳，不能和朋友玩，什么事都不能做……都是你那无可救药的病害的。

都是你，害我有时候快要喘不过气，让大家以为我快要死了。

都是你，害羚妈明天不能跑步。

因为明天是一年一次到医院看病的日子。一大早我们就得坐上扎卡里的老卡车，花好几个小时才能到医院，给医生看我的心。

对，我的心，就是你这颗小笨心！

等到哪天你不再任性妄为时，我答应你，我会叫你"小甜心"，但现在想都别想！

3

　　开车到医院要花六个小时，而且六个小时都必须在酷热、强风和尘土飞扬的小路上剧烈颠簸，任由扎卡里的老卡车把我们前翻后摔。其实扎卡里已经尽量避开路上的坑坑洼洼了，而羚妈也尽力帮我挡住扑面而来的风沙。

　　这样的旅程，还好一年只有一次！

　　医院终于出现在眼前。一幢低矮的长条型建筑物，一半淹没在沙暴里，炙热难耐。

　　扎卡里把车停在一辆和他的老卡车一样破旧的车子旁。病患和家属们全都蹲在巨大的洋槐树下等候。有些人聊着天；有些人边喝浓茶边看报；有些人一边挥赶苍蝇，一边在树荫下打盹。

远处，一个高大的家伙走过来，对我微笑，那是男护士莫外。

"希姗达！怎么样……还好吗？"

我想他该不会知道所有病人的名字吧！

一阵狂风吹走我的回答，屋顶的铁皮仿佛快被掀开般轰轰作响。医院和扎卡里的卡车一样破旧不堪，这里一切都是破破烂烂的。

我打从出生后，就一直看同一个医生，他叫做阿波里内。他的身材矮小，以至于羚妈站在他旁边，简直像巨人一样。我们一走进他的办公室，他就叫我们坐下，这样我们的视线才能和他的一致。然后他睁大了眼睛瞪着我，仿佛看见我还活着，是件不可思议的事。

"希姗达，你现在几岁了？"

"三千四百一十八天。"看到他一脸讶异的表情，我又重新解释一遍，"九岁，四个月又九天。因为遇到闰年还要再加两天。"

当然，这跟三千四百一十八天完全一样。三千四百一十八天给人的感觉好像很多……但对我来说，到底活了几天是非常重要的事。

好几次，我听到阿波里内跟羚妈说我的生命仅悬在一口气之间，因为我的心脏随时可能停止。他刻意在我穿衣服的时候压低音量说，以为我听不见。

小时候我不懂这是什么意思，但长大之后，我已经明白他的意思是我随时都有可能死去。"啪！"的一声，一句话都来不及说……从那时起，这件事就一直藏在我的脑海里，就像躲在石头下的毒蝎一样。但是，我有自信这件事永远不会发生，我那颗小笨心会一直跳下去。

我还不会马上死，因为这是不可能的事。真的快要死去的人，是像塔邦外婆一样，老得没有人知道她究竟活了多久，甚至连她自己也不知道！不！塔邦外婆也还年轻，她顶多活了三万多天，但我才活了三千四百一十八天……

然而我的心脏病一旦发作，就会让我立刻想到自己快不行了。我的心脏会像爆炸一样突然猛烈冲撞，尤其是在沙暴刮起阵阵尘土时，或是在我勉强用力做一件事时，或是在雨季中，到处黏答答，连空气也像烂泥巴一样厚重潮湿时……但最常发生的，是"啪！"的一声，没有任何原因，纯粹只是我的小笨心想捣蛋而已。这时候，我什么也不能做，什么话也不能说，再微小的动作都会让我筋疲力尽。所以我只能静静地听我的心大吵大闹，气喘吁吁地等待它自己停下来。有时候它闹得太严重，还必须在嘴里滴入十滴超苦的药。

阿波里内把药交给我的时候一直强调："希姗达，你一定要随时把药带在身上。这是你的护身符。"

我问他："有了这个我是不是就能一直活下去？"但是阿波里内只是埋头写他的处方笺，假装没听到。

4

无可救药的心脏病从我出生的那刻起，就一直跟着我。

我是在雨季中出生的，当时差点活不了。那晚大雨倾盆而下，雷电仿佛要劈开大地，马路被水淹没成河，泥石流冲进屋里，井水泛滥成灾……我从羚妈的肚子里被抱出来时，全身紫红色，呼吸非常微弱。还好塔邦外婆在旁边，她不仅精通咒语和药草，还比任何人都清楚生产的奥秘和女人的身体构造。村里大部分的人，都由她亲手接生，所以大家都叫她塔邦妈妈，对她像对母亲一样尊敬。

有些人甚至说外婆有点像女巫，此时她就会回答他们："或许吧，我的朋友，或许是吧……"

　　我出生的那一天雷电交加，没人知道塔邦外婆把我抱在怀里，究竟念了哪些咒语？用什么药草涂在我的皮肤上？把什么东西轻轻放入我的小嘴巴里？……但可以确定的是，她给了我一点小生命，让我能够撑到医院，让我还能被爸妈抱在怀里，坐上扎卡里的老卡车，或许那时扎卡里的老卡车还没有那么破旧。

　　那是我第一次遇到阿波里内医生，那天，他发现我的心脏和其他小孩的心脏很不相同。它有个无可救药的病。

5

"希姗达，你的心脏畸形。"

我叹了口气。每
年阿波里内都会从头
到尾重新解释一遍。
他推一推眼镜，在纸
上画了一颗心。

一颗正常健康的
心。

"一颗心，就
像水泵一样。一个正

常的水泵，会一直把鲜红的好血和许多氧气打到身体里面。但是，希姗达，你的水泵运转不良，会漏水，无法好好工作……"

所以，他在第一颗心的旁边画了另外一颗心。那是我的心，一颗有缺陷的小心脏。

羚妈默默点着头。阿波里内医生穿着白袍，戴着圆圆的眼镜，他的话让羚妈很担心，好像我的性命就掌握在他手里。

"来，让我检查一下。"

然后，他一边洗手，一边不停给我各种建议。

我要很小心。不可以跑步，不可以用力，不可以和朋友玩，不可以大喊大叫，不可以太过劳累，也不可以太急躁，或太勉强……不可以这个，不可以那个……

阿波里内，我求求你，够了！别老是把我当白痴！

我很清楚我不能和别人一样做这个做那个。只要用一点点力，我就会喘不过气来，世界顿时昏暗，双眼模糊，几乎快昏倒，有时候，我还会呼吸困难得嘴唇发紫。所以，你看，阿波里内，所有你能告诉我的，我都已经知道，而且绝对比你还清楚。

阿波里内用他的听诊器在我胸口上下移动，然后移到我的背上。我对阿波里内可是了如指掌！再过三十秒，他就会要我也来听一听他的听诊器，他每次都来这招。

还真准！他果然拿下听诊器，笑得很不自然地递给我。

"希姗达，来，听听你的心跳声……听到了吗？那些小小的嘶嘶声，每次心跳都有嘶嘶声就不对劲了。这些嘶嘶声表示你的心脏有问题。一颗健康的心脏是不会有嘶嘶声的。"

我照例什么声音也没听到，阿波里内也照例很恼怒。

"那是因为你没有注意听，仔细听！"

但是，我再怎么专心听，还是没有用，一点嘶嘶声也听不到。

他耸一耸肩，在我的胸口贴上几个吸盘，开启一个发出哔哔声的机器，一脸严肃地解释说："这是心电图。”

我的心跳被记录在一卷纸上，一长串小小的高低起伏相当于每次的脉动。我闭上眼睛集中精神，要我的心脏好好加油。这可不是捣蛋的时候。

突然，一切都停止了。没有哔哔声！没有嘈杂声！没有心跳声！什么声音都没有了！羚妈大声尖叫，阿波里内急得大声咒骂。

而我好得很，感谢上天。

我那矮小的医生一边擦着满头大汗，一边叹口气说：“没事，没事，只是停电而已。最近这段时间每天都这样。”

天花板上巨大的电风扇不再轰轰作响，不到几秒钟的时间，房间里马上变得炙热难耐。

他一边检查我的心电图，一边继续说：“我看这样就够了。”

他在那卷纸上，涂写一堆符号，在纸上写下几个字……

最后说了一句：“状况稳定。”

状况稳定，这表示我的心脏不会更好——这是不可能的事，但也不会更坏——这是很可能的事！

阿波里内在我穿上衣服的时候喃喃自语："真是个奇迹。"

羚妈颤抖着。

根据医生的说法，我还活着是因为我太幸运了。真的太幸运了。他看了我一眼，想确定我没有在听。我看着别处。阿波里内，没有，我完全没有在听！我向你保证。

"当然，如果可以的话，最好赶快为她开刀。但是，你们要我怎么办？"

他一脸无奈地指着坏掉的机器、停止不动的电风扇叶片、剥落的诊疗室天花板、发黄褪色的医院墙壁。

"在这里，我什么都没办法做。必须要带她去国外的专科医院。但问题是……"

"要多少钱？"羚妈问。

每年都是同样的问题，而讲到这里，阿波里内总是将整个身体埋进椅子里，看起来比我们刚到的时候更加矮小。

"加上旅行费用,至少要……"

一阵狂风撼动整个屋顶,我们什么也没听到。

"要多少?"羚妈重复问了一次。

满头大汗的阿波里内喃喃说道:"起码要一百万克尔,这是最少的开销。"

一百万克尔!羚妈摇摇头,对这巨大的数目感到震惊。

"但是,医生,我只是个牧羊人,靠八只山羊和十只母羊可没办法弄到这么一大笔钱。就算加上我先生寄来的钱,我们每个星期也才赚五百克尔。一百万克尔,怎么可能……"

"需要三十八年三个月又二十天才行。"

我忍不住讲了出来,不小心说溜嘴。

阿波里内睁大眼睛看着我,我对他微微一笑。我不太知道自己是怎么做到的,但我很确定是这个数字。我和数字是世界上最好的朋友,我超爱数字。或许是因为我一直在数我的心跳了几下和总共活了几天……或许是因为数字可以无限大，永远不会停下来。我们永远可以有下一个数字，再下一个数字，然后再下一个数字……但从来不会有最后一个数字。

阿波里内紧张地玩弄他的圆珠笔，鼻尖上挂着一滴汗水。

羚妈叹着气："一百万。你们可以想象吗？要三十八年……"

吧嗒！圆珠笔的弹簧弹了出来，阿波里内的汗珠从鼻尖上滴落。

我很想笑，可是，现在不是时候。

羚妈强忍住泪水，站了起来。阿波里内眨着眼握住她的手，羚妈实在是太美了。

"我知道这很难接受。"他一脸同情地说。

他指的是钱？还是我的病？或者两个都是？……没人知道。

"希姗达，再见了。"他一边转向我，一边说。

我给他一个最灿烂的笑容。

"明年见，阿波里内医生！"

他很努力地要回给我一个微笑，但我看得出他根本就不相信。

或许他在想：到时候我那颗任性的小笨心早就停止跳动了。

阿波里内，那你可就太小看我了！无论如何，到了明年，我的心就跳了三千七百八十三天。而我确定它还会继续再跳很长一段时间，很长很长一段时间。

6

走出医院，外面尘土飞扬，纸片漫舞，一张报纸缓缓落在老卡车的轮胎下。那张皱巴巴的报纸，不知已在多少人手中传来传去。羚妈捡起来，放进包包里。

太怪了，我是家里唯一识字的人，真不知她在想什么。羚妈看字很吃力，感觉字在她面前都糊成一团，无法辨识。塔邦外婆和贾爸也从来没有念过书，更别提班尼舅舅了！

一个男人和他的妻子、两个女儿从医院走过来问："请问你们要去齐唐吗？"

扎卡里点点头，说："上车吧！我让你们在岔路的

地方下车。”

　　车上有点挤。一阵黑烟，扎卡里的老卡车在阿波里内近视的目光下离去，我们还得再坐六个小时的车才能到家呢！

7

当男人和他的家人在往齐唐的岔路下车时，天已经
黑了。从这里走到他们的村庄还要好几个小时。借着昏
黄的车灯，他们蹲在一棵被风吹得弯弯的老洋槐树下，
打算在那里等到天亮。

男人说："这样比较保险。"他指着四周荒凉的夜色，声音微微颤抖。听说夜晚的鬼怪喜欢捉弄路人，让他们迷失方向……

他又说："或许还会有其他车子经过。"

"祝你好运！"扎卡里大喊，赶紧发动车子。

扎卡里不喜欢在晚上开车。他说怕晚上视线不好，其实是怕夜晚鬼怪搞恶作剧。

为了赶快回家，扎卡里马力全开。我们在车子里摇来晃去，像沙包一样被丢来丢去。我实在太累了，虽然一路上颠簸得厉害，但我还是在羚妈的臂弯里睡着了。以至于第二天早上都没听到她出门跑步的声音。

当我睁开眼睛时，天已经亮了，塔邦外婆一边蹲在火炉前抽着烟斗，一边搅动锅里的面团。

我做了一个深呼吸，听着我的心跳……它已经跳了三千四百一十九天。很好，就这样继续下去！

突然间，我发现时间已经很晚了。

"外婆！你怎么没有叫醒我？"

"我的小公主，你睡得那么香……"

"可是，你明知道我要上学！"

外婆笑了笑。学校，她可是从来没去过，也不觉得不去有什么遗憾。但对我来说，世界上只有在学校能让我和其他人做一样的事。在学校只要动动脑就好，我的心脏不会累。别想让我错过任何一堂课，尤其是新来的老师阿芭莉小姐的课！在我们这里，阿芭莉的意思是"好新奇"，这个名字太适合她了！开学第一天，她就像城里人那样穿一身红裙走进教室，她的项链发出叮当声，还有她可爱的笑声，让我们马上感觉到有什么新奇的事就要发生。没过几天，我们就把旧老师忘得一干二净。

"可是你昨天晚上那么累，我以为……"

"外婆，快点，该走了！"我从来没有迟到超过一个小时！除了我的心脏搞恶作剧，让我无法起床时。

"慢慢吃，这对你不好……"

我迅速吞下几口面团和一杯烫口的茶，心脏像关在笼子里的鸟儿一样怦怦乱撞。阿波里内知道了，一定会气炸。

"快点儿！"

"班尼！"外婆尖声大叫，"班尼！"

远方的班尼舅舅用大动作让我们知道他听见了。

他飞奔而来，像小孩般笑着让我爬上他的背，然后我们三人就这样冲去学校。这是唯一能让我顺利到达学校，而不会喘不过气来的方式。

班尼舅舅小心翼翼地把我放下来。教室里传来阿芭莉小姐的声音。我呼吸急促地推门走进教室，真希望能钻进地底下。

去年，只要稍微迟到一点点，老师就会一句话不说地盯着我，一边用棍子在手心上敲打着。

经过漫长的静默之后，他才说："你以为学校是你爱来就来的地方吗？"

他老爱说这句话。这时，我的脚就开始发抖，两眼冒星星。我像只离开水面的鱼那样张着嘴呼吸，心跳加速。

阿芭莉小姐可就完全不一样。

外婆站在教室门口轻声说："她昨天去医院了。"

班尼舅舅则看着阿芭莉小姐的手镯笑个不停。

"但她是今天早上迟到的呀！"阿芭莉小姐微笑着说，显然外婆的话对她来说没什么逻辑。

外婆对她露出巫婆般的眼神。从开学第一天起，外婆就决定把这个新来的老师当成敌人。我不知道为什么，或许是因为她太年轻可爱，而外婆已经老了，也或许是因为她知道很多塔邦外婆不知道的东西。

我溜到我的座位坐下，试图让我那动不动就乱跳的心平静下来。小欣拉起我的手。

"还好吗？"她小声问道。

我点头说："……没事。"

当我的心脏哪一天又搞恶作剧不听话的时候，除了我们邻居的儿子马詹德以外，班上唯一知道该怎么做的人就是小欣，只有她知道我身上有阿波里内交给我在紧急状况下使用的药。十滴药滴在嘴里……很简单，即使是平常功课不好、对数字一窍不通的马詹德也会。

8

　　羚妈从田野回来后，会到学校来接我放学。她像班尼舅舅那样把我背在背上，我们一路上总有聊不完的话。我会跟她说学校里发生的事，还有阿芭莉小姐做了什么。但今天羚妈没有认真听，她的心飘到别处去了。一到家，她马上给我看一张皱巴巴的报纸，那是在医院外面从扎卡里的老卡车轮胎下捡到的报纸。

　　"希姗达，可以念这篇文章给我听吗？"

　　她腼腆地笑着，觉得自己不识字有点丢脸，然后指着报纸的体育版。

　　一张相片几乎占满一半的版面。一个汗流浃背的女

子在到达终点线的地方高举双手。从她累歪的脸来看，应该是刚跑了很长一段时间，而且已经用尽全身上下所有的力气。在她后面，可以看到为她加油的人群。

"是跑步的那篇文章吗？"

羚妈点点头，我看了一下日期……去年十月。

"这是旧报纸了呀……"

"没关系。念给我听。"

"玛格达在上个星期日，以两小时又四十一分二十三秒的时间，第三度赢得坎久尼马拉松大赛。在超过千人的参赛者中，她领先主要对手萝丝和埃塞俄比亚的黛儿三分多钟。每年赞助厂商都慷慨提供奖金给坎久尼马拉松大赛的前三名。第一名的玛格达一举夺下一百五十万克尔的奖金，第二名和第三名则分别获得六十五万克尔和三十五万克尔的奖金。比赛结束之后，玛格达被问到将来的计划时，表示……"

"可以再念一次吗？"羚妈问，声音有些沙哑。

"可是我还没念完。"

"再念一次。"

"被问到将来的计划时……"

"不是这里，更前面一点。"

"每年，赞助厂商都慷慨提供奖金给坎久尼马拉松大赛的前三名。第一名的玛格达一举夺下一百五十万克尔的奖金，而第二名和第三名分别获得六十五万克尔和三十五万克尔的奖金。"

"希姗达，不可能。你一定是搞错了。"

我把报纸放在她手上说："你自己看！上面写得很清楚！"

羚妈皱紧眉头，神情专注。她的手指头随着一个字母、一个字母地移动，再往回移，重看一遍……

"你说得没错。"最后，她喃喃说道。

那还用说！我当然没错，不然我去学校是混日子的吗？

9

夜深了。白天高挂洋槐枝头的蝙蝠，在夜空里飞来飞去。草丛里传来的虫鸣声，几乎掩盖过羚妈的喃喃细语。

"光靠跑步真的能赢这么多钱吗？"她的声音有点沙哑。

羚妈几乎每晚都在黑暗中自言自语，好像贾爸就在那里。她自问自答，说这样可以帮助思考。

羚妈的低语声，加上虫鸣声和山丘上豺狼的远吠声，好像摇篮曲一样，我不知不觉地睡着了。

10

"希姗达……"

只要听声音，我就知道羚妈要拜托我什么了。昨天也是，前天也是，从医院回来的那天晚上开始，每天都一样——羚妈要我念报纸上的那篇文章给她听。好像突然世界上再也没有比念这篇文章更重要的事了。

"你打算把这篇文章背下来吗？"

羚妈勉强挤出一个笑容说："因为我喜欢听你的声音。"

但是，我知道她说的不是真的。

"玛格达在上个星期日，以两小时又四十一分

二十三秒的时间，第三度赢得坎久尼马拉松大赛。在超过千人的参赛者中……"

被油灯吸引来的飞虫振动翅膀发出嗡嗡声，幽暗中，蝙蝠在我们头上盘旋。我坐在洋槐树下继续念着，羚妈闭着眼睛，似乎正想象玛格达在马拉松大赛中获胜的画面。

11

阿芭莉小姐对九九乘法表里七的乘法，真是情有独钟。听说七的乘法是最难学的，所以，她每天都会在讲桌旁一边打着节拍，一边让我们反复背诵，直到大家受不了为止。

七一得七，七二十四，七三二十一……啊！到底要背到何时？

小欣、辛波拉和其他同学跟着节拍猛点头，马詹德一开始就跟不上节奏，而我则是一点也不在乎。

数字和我早就是好朋友了，只要我想知道，答案马上就会自动浮现。但这是我一直藏在心底的秘密，为

了不让人发现，我还刻意算得很慢。因为去年开学时，前任老师看到班尼舅舅背我上学，外表瘦弱的我竟然没等老师把题目讲完，就抢先说出答案。当时老师大吼大叫，我吓得心脏病发作，差点就死掉了。

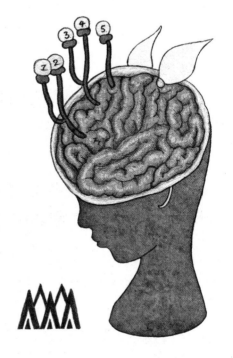

七四二十八……

七五三十五……

我看着窗外。远方，一个小小的人影从山丘的斜坡上冲下来。

七七……七八……

人影愈来愈大。

是羚妈！她大步飞奔，在草丛间穿梭，越过灌木……去年，她习惯在越过山丘之后，直接从学校前面经过，老师还怪她让学生分心，她则一边大笑，一边连声道歉。

七九……

"希姗达！你的心跑到哪里去了？"我吓了一跳，小心脏加速怦怦跳。阿芭莉小姐皱起眉头，好像我犯了什么错。

小欣在一旁帮我解围："那是她妈妈！"她手指着跑过学校前方那修长而飘逸的身影。

"那是你母亲？"阿芭莉小姐问。

我点点头说："她每天都跑步。所以这里每个人都叫她小羚……外婆说妈妈是个羚羊女。"

"羚羊女？"

阿芭莉小姐似乎不太相信，或许因为她刚来不久，或许因为她是城里人，或许她从来没听说过羚羊女。我试着跟她解释。

"不过她还是没有一只真正的羚羊跑得快。譬如说，她现在每小时才跑十五千米而已。"

"每小时十五千米？你怎么知道？"

我紧咬嘴唇，我太多话了。或许一旦阿芭莉小姐知道我和数字是好朋友后，也会像以前的老师一样不高兴。

　　不过，她只是好奇地看着我，要其他人离开教室去操场。这时，羚妈已经跑远了，而我还在教室里。我从来不去操场。当然这都是因为我有颗无可救药的心脏。她等所有同学都离开教室之后问："希姗达……你刚刚是怎么知道你母亲跑步的速度？"

　　"这个嘛……对面那两棵树之间的距离大概有六十米，我只要测量一下时间，就能算出时速了。"

　　阿芭莉小姐皱着眉头。我不知道该怎么用更简单的方式跟她解释这个问题。

　　"您了解吗？这全都是因为我的心脏……我每天都在计算我的心跳了几下、我活了几天等等，久而久之，就变得好像有一个秒表在我的脑袋里。"我的声音微颤，我害怕她会生气。

　　"可是，这是一个很复杂的计算……"

　　我摇摇头说："不太难……我习惯了。我们家的人就是这样。妈妈是她的脚想要跑步，我是我的头脑想要计算。数字会自己跳出来，就是这样！"

"是这样！"阿芭莉小姐一边重复这句话，一边笑了出来。

"你真是个有趣的女孩。为什么你去年的老师从来都没有跟我提到你的数学天分呢？"

"因为我算得比他快，让他心里很不是滋味！"

阿芭莉小姐再度笑了出来。

妈妈向前跑

12

只要白天稍微闷热一点，晚上我就呼吸困难，又是我的心脏惹的祸。阿波里内说以我的状况来说，那算是正常的。

哪里正常！他看了太多的病人，就觉得生病是正常的。所谓的"正常"应该是指能跑能跳，跟大家一样在外面玩才对，而不是像我这样气喘吁吁地躺在床上，什么事也不能做。

我的嘴唇发紫，嘴巴半开半合，勉强维持着呼吸，一切都用慢动作。现在的我只能躺在床上，看着塔邦外婆擀平一张又一张的豆饼皮，然后丢进油锅煎。

"我的小公主，吸气，吐气……"在擀平每张豆饼皮之间，她都会这么说，"吸气，吐气……"有时候我觉得自己好像比她还要老。

我那无可救药的心脏，我恨你！

羚妈和班尼舅舅在外面挤羊奶。在挤满羊奶的桶子里，加上几滴无花果树的树汁，上面盖上一张布。羊奶会在晚上凝固，第二天塔邦外婆就可以拿着做好的奶酪去市场上卖。

羚妈放走最后一只羊，坐在洋槐树下，打开报纸。她总是看同一页。油灯的光在她旁边摇晃着。她用手指头指着一行一行地读。我慢慢走近，发出粗重的呼吸声。

"玛格达在上个星期日，以两小时又四十一分二十三秒的时间，第三度赢得坎久尼马拉松大赛……"

我的视线越过她的肩膀落在报纸上，羚妈的手根本就指错行！她已经把文章背得滚瓜烂熟，还假装在读！她看到我，吓了一大跳。

"希姗达！你应该躺在床上的！不可以乱动……"

"你在做什么？"

"哦！我……我在练习认字。"

大人不太会说谎。

"是因为玛格达跟你一样会跑，所以你喜欢这个故事？"

她点点头。

"但是她跑步变得很有钱，而你跑步却不能赚钱。"

一群萤火虫在我面前飞舞，让我觉得天旋地转，我坐下来靠在羚妈身上。站立、说话、乱动……这些都是我心脏不听话时不该做的事。阿波里内知道了一定会气死！

"如果你赢了这么多钱，想要做什么？"

羚妈点点头，有点不好意思，两眼发光。

"我会做什么？……我不知道，让我想一想。好了，现在你得去休息了。"

她把我一把抱起。我紧紧靠着她，耳朵贴在她胸前，我听到她的心跳声和呼吸声……就像个运转中的机器。

13

　　天黑了，一切都静止不动，但是，我却被一阵声音吵醒。我张开眼睛，仔细聆听。先是我的心脏……它稳定地怦怦跳动着。然后是草丛里的虫子唧唧叫，栅栏中的羊群咩咩叫，远方豺狼呜呜叫……还有羚妈在我旁边喃喃自语。啊！原来是这个声音把我吵醒的。

　　"希姗达可能猜到了，"她说，"她晚上问那些问题，可能是因为她都知道了。"

　　我？我猜到什么？我怎么都不知道！我到底知道什么？……她在说什么呀？

　　"我应该要告诉她，"她继续说，"是，我知道像

我这样绝不可能赢。一个牧羊女不是做这件事的料。"

寂静中依旧传来虫鸣，但豺狼不叫了，换成塔邦外婆的打呼声。羚妈的声音变得更不清楚了。

"但我还是想要试一试。希姗达应该也会理解，我明天跟她说。"

我的心跳加速。

原来是这样……

14

羚妈在晨曦中聆听我的呼吸声。

"别动，"她轻声说，"像平常一样装睡，不然我永远说不出口。"

我很想跟她说我平常是真的在睡觉，但她的声音如此轻柔，我只能继续闭上眼睛。

"昨天你问我，如果我和去年那个第一名的马拉松女选手一样赢了那么多钱，要做什么，对不对？"

她深吸了一口气。

"我会问阿波里内全世界最好的外科医生是谁。然后，你和我，我们一起去他的医院，让他帮你开刀，

然后你就可以和正常人一样地生活。这就是我想做的事……"

我那颗小心脏好像承受不住这个消息似的乱冲乱撞。

镇定点，笨蛋！我们在说你！

我张开眼睛，羚妈的脸就在我旁边。

"你要参加这次的坎久尼马拉松大赛？"

"是的，"她说，"但这不代表我一定会赢……赢的人都是专业的运动选手。他们的工作就是跑步，不像我……"

"但你是唯一被叫做羚羊女的人……没有任何人可以跑得比羚羊更快。"

她轻轻抚摸我的脸颊，站起身说："希姗达，我去跑步，很快就回来……"

然后她轻巧地溜出门外，消失在朦胧的曙光当中。

怦咚……怦咚……怦咚……

我的心跳了三千四百二十八天。阿波里内教过我如何量脉搏：把两根手指头放在手腕上。

"希姗达，一百、一百一十下，不可以再多了。"

每分钟一百下，一小时就六千下，每天十四万四千下，每星期超过一百万下，每年将近五千三百万下……不可以再多了。

但是话说得容易，要怎么才能控制心跳？阿波里内，你倒是示范给我看看。

我那无可救药的心脏跳得太快了。我得告诉它羚妈想为它做的事情，好好对它解释明白才行。

但是我的小笨心，你的问题就在于你根本不会听话。

15

在卡特罗的杂货店里，什么都有。不但有各种吃的东西，还有一桶桶的石油、一捆捆的绳子、一箱箱的汽水、一卷卷的布料，还有剪刀、电池、钉子、盐巴、袋子、塑料桶……甚至有一个公用电话。贾爸每个月会打电话到这里，告诉我们他很好，一切平安，请大家不用担心，他很快就会回来。

"我可以打电话吗？"羚妈低声问。

卡特罗露出一张最亲切的笑容。

"当然可以。要打给你丈夫吗？"

羚妈摇摇头说："不，是有别的事。"

卡特罗假装忙着检查电话线，没办法招呼我们，其实他可是像猴子一样好奇。他最喜欢偷听别人的隐私。

电话摆在杂货店最里面，那里实在太暗了，让我看不清楚。羚妈递给我一张纸条，上面几个数字看起来就像很没自信的手抄下来的，那是马拉松大赛主办单位的电话号码。

电话响了好几声，才出现一个鼻音很重的声音。羚妈结结巴巴地大声说话，声音大得世界的另一头都听得到。

"快，希姗达，给我一张纸、一支笔……"

卡特罗现在可是大剌剌地听起来了，他给我一本脏脏的记事本和一支被咬过的圆珠笔。

"什么时候？"羚妈叫嚷着，"希姗达快点写下来！动作快！十月二十八号……"

她突然整个声音都不对了，好像听到什么噩耗。

"我不知道……报纸上没说。您确定吗？……所以，我必须要……希姗达快点写下来！快点！坎久尼马拉松大赛协会……邮政信箱八二九八八，欧达亚路，坎久尼市。"

羚妈挂上电话,擦着额头上的汗水,这通电话让她看起来比跑了几个小时还累。她看着我,一脸茫然。

"希姗达,还要付报名费……五千克尔……"

"的确是一笔不小的费用,"没有人问他意见的卡特罗说,"还有请先付六克尔电话费。"

"我今晚会再来一趟。"羚妈说,一边给他一把零钱,"我要打电话给贾爸。希望你不会把你听到的事情说出去。"

"那当然,"卡特罗微微一笑,"小羚,你又不是不知道我是什么样的人。每次有人来打电话,我就变成又聋又哑。"

外面阳光刺眼。我把嘴巴张开,深深吸了一口气,天气闷热得令人受不了。我应该出生在北极才对……

羚妈把我背上肩。

"五千克尔!"她低头不停地自言自语,"谁能付那么多钱去跑步呢?"

我快听不到她说些什么。

十月二十八日……马拉松大赛要在十月二十八

日比赛。数字在我的脑袋里自动归位。还有整整三十六天，刚好在雨季前。到那天，我的心脏就跳了三千四百六十四天了。

16

姆卓古是我们家最胖的母羊。它躺在扎卡里老卡车旁的尘埃里,四肢被捆绑起来,睁着惊恐的眼睛。班尼舅舅把它一肩抬起,放在扎卡里的老卡车上,哼着歌安抚它,但它还是叫得声嘶力竭。

昨晚,羚妈打电话给贾爸。她用简短几个字把整个状况解释给他听。报纸上的文章、马拉松大赛、五千克尔……虽然电话里噪音很多,听不清楚,但因为长途电话很贵,必须长话短说。贾爸同意,我们把姆卓古带到市场去卖。

还有,他很好,一切平安,不用担心,他很快就会

回来。

扎卡里点烟的时候，我抚摸姆卓古厚厚的羊毛。我不愿离开它。

"它越来越老了，"羚妈一边说，一边回避我的目光，"现在正是卖掉它的好时机，等它一文不值的时候就来不及了。"

羚妈说谎！姆卓古没有太老，它是我们家最壮最肥的一只羊。

我跟它说话，轻声告诉它，它出生那天，有一身美丽柔软的羊毛，让我们忍不住叫它"姆卓古"，就是白色的意思。我又跟它说，它有一个双胞胎哥哥，四只脚都是黑色的，可惜生下来没多久，就被豺狼叼走了。姆卓古呆呆地望着我，或许它听得懂我在说什么。

扎卡里熄掉他的烟，在班尼舅舅的背上拍了一下。

"走吧，傻子班，我们出发吧！"

班尼舅舅笑着，爬上车，坐在姆卓古旁边。他一向拒绝坐在驾驶座旁的位置上，他受不了被关在狭窄的车厢里。

卡车在隆隆声中离开，姆卓古哀号着，似乎已经猜到它即将面临的悲惨命运。

羚妈抓着我的手。她很信任扎卡里，相信他会卖个好价钱。我不想问他是要卖给牧羊人还是屠夫。我知道答案是什么，没有一个牧羊人有钱买下一只这么好的母羊。

17

　　扎卡里和班尼舅舅在夜幕低垂时才回来。扎卡里在羚妈耳边低语几句，羚妈点着头。

　　"这价钱算好的了。我想也不能开更好的价钱……那你有没有照我说的把钱寄出去呢？"她低声问。

　　"羚妈，我们都照你交代的做了。除了……"

　　"除了什么？"

　　扎卡里很犹豫，看着班尼舅舅。班尼舅舅手上拿着一个大袋子，满脸笑容地哼着歌。

　　"班尼，你看起来很得意。"羚妈注意到班尼舅舅微笑着看着她，一副很神秘的样子。班尼舅舅从他的袋子里拿出一个纸盒子，放在他姐姐的脚前。

"啦……"他又哼起歌来。

"他坚持要给你一个礼物，"看起来越来越尴尬的扎卡里忙解释说，"劝都劝不听。"

"一个礼物！"羚妈眼睛张得大大的。

我倒想放声大笑。在我们家，这可是前所未见的事。只有有钱人才会互送礼物。我都快急死了。

"快点打开！"

羚妈看看班尼舅舅，看看我……最后终于打开那个盒子，可是，羚妈的样子就好像盒子里装的是一窝蛇。

"鞋子……你送我鞋子！"

班尼舅舅大笑，我们也跟着一起笑。

"班尼，你送我鞋子做什么？我都是赤脚跑步！从小到大，从来没穿过鞋子。"

"我也是一直这样跟他说，都快说破嘴了，"扎卡里抱怨着，"但是这个傻瓜就是不肯听。每次我说要走了，他就又把我带回卖鞋子的地方！"

班尼舅舅把报纸拿过来，打开马拉松大赛的那一页，用手指着那张相片。之前都没有人注意到玛格达是穿着鞋子的，黄色带红色条纹的鞋子。就跟他送给羚妈的鞋子一模一样。班尼舅舅脑袋里想的事情可不简单。

"他一定花了不少钱！"羚妈小声说。

扎卡里耸耸肩。

"你又不是不了解你弟弟。当他想做什么时，你知道，就算大家都反对，也没有人能说动他。他为了这双鞋可是在所不惜。"

羚妈又笑了，有点难为情。她那双大脚，习惯在山丘上跑，一想到要穿上鞋子，就觉得怪怪的。她拉呀，扯呀，推呀，挤呀，脚指头都扭曲了……终于把鞋子穿好！班尼舅舅和我笑了出来，塔邦外婆的脸则皱成一团。看羚妈穿鞋子的样子真的很滑稽！她站起来，走几步，像踩在鸡蛋上那样小心翼翼。

"脚上穿这东西跑步根本就是不可能的事……"

第二天，我爬上班尼舅舅的背要去上学时，羚妈的新鞋子还放在盒子里。她已经赤脚去山丘跑步了。

这时，我的心脏已经跳了三千四百三十五天，离马拉松大赛还有二十九天。

18

七一得七……七二十四……二十一……二十八……

阿芭莉小姐不厌其烦地带着大家重复背诵九九乘法表里七的乘法，但是当我停下来从教室窗户偷看羚妈时，她假装没有注意到。

羚妈从来没有像现在这样跑个不停……因为她每天都跑相同的路线，所以我可以准确预测到她什么时候会出现在山丘上。她总会在同一个时间出现，在天气还没变热之前。我从来没有猜错过。她那修长的身影穿梭在洋槐树之间，往学校方向直冲，并在最后一刻突然转向，飞快穿越木薯田。我只要一看到她，脑子里的小秒表马上就会启动。羚妈跑得很快，应该说非常快，她从来没有跑这么快过。

我敢说她一定会赢。

阿芭莉小姐也发现羚妈每天都在同一个时间出现。我看到她往窗外偷看几眼。

我的羚妈让她觉得很不可思议。有时我俩的目光不经意碰上，我就会莫名地心跳加快。

而当我再往窗外看时，羚妈已经跑远了。

19

　　这时，我那无可救药的心脏已经跳了三千四百四十一天了，但是，今天早上，我没办法去上学。它像一只暴怒的野兽一样横冲直撞，虽然我连动都没动一下。

　　都是因为暴风的关系。昨天晚上，暴风吹起，呼啸声中卷起铺天盖地的沙尘，让我呼吸困难。我像棵枯木般静止不动，一点一点地吸着气，屋顶的铁皮在狂风下颤动不已。我不痛，只是有点害怕会死掉。我半合着眼，打量眼前钉在墙上的那篇文章。这时的羚妈正不顾风沙，在山丘上狂奔。我在心底默默替她加油，觉得她好像可以听到我的声音。

如果我很用力地想她，她一定会赢。到时候她还得拿一个超大的袋子，才能把这些钱统统带回家。我不知道她有没有想到这一点。

"喂！有人在吗？"

我的小心脏害怕了起来。我觉得天摇地动，好像整个世界都快翻转过来。

"喂！"那声音继续说，"有人在吗？"

班尼舅舅在放羊，塔邦外婆去市场，羚妈在跑步。只有我一个人在家！我慢慢走到门口。

刚才大声叫嚷的男人站在羊围栏的另一边，离毛发竖立、低声吼叫的小狗金巴好一段距离。

他穿着一身好看的制服，手里拿着一封信。是邮差……

他看到我。

"喂，小朋友！叫你的狗让我过去。"

我如何能让他了解我不能叫也不能回答他，我连起床都有困难？我靠着门框不动。他好奇地看着我……

"嗯……看起来好像不太妙……"

这时羚妈突然出现，气喘吁吁，满身汗水和灰尘。她用一个字就把金巴支开。

"谢谢！"邮差说，"这只狗好凶！我都不敢靠近，谁知道会怎样……对了，有一封信是要给你的。"

羚妈用指尖拿，好像怕碰到毒蛇那样。

"我应该没有送过信给你，"笑容灿烂的邮差继续说，"我看过很多人，有时候也许会认错，但像你这样的美女我一定会记得……"

他双眼一直看着羚妈，但是她不回答。她几乎没有看他一眼，只在意信封上那个坎久尼马拉松大赛的邮戳。

20

　　一封信！羚妈收到一封信！

　　这在我们这里可是稀有的大事，左邻右舍都跑来一探究竟。就算杂货店老板卡特罗发誓他绝对没有泄露在店里听到的电话内容，但是，羚妈要花五千克尔跑步的事，没多久就传遍整个村庄。

　　想想看，五千克尔！

　　而且大家都知道她为了这件疯狂的事，卖掉了她最漂亮的羊！有人偷偷议论说，她大概是在山丘跑步，被太阳晒昏头了！还听说她甚至买了专门用来跑步的鞋子！好像非得穿鞋子才能跑步似的！

羚妈把信封捏来捏去，却不敢在心急如焚的邻居面前打开。

"喂！"已经喝了不少啤酒的老布拉第大声嚷着，"里面到底写些什么？是谁写了情书给小羚呀？"

大家都哈哈大笑。羚妈扶着我慢慢地走回家，避开其他人的耳目。她撕开信封，我则喘着气躺下来，疲惫不堪。

"希姗达，可以念给我听吗？"

我呼吸急促，先把信大致浏览一遍。羚妈已经成功报名这次的坎久尼马拉松大赛，她是第九五三号选手。她必须要在十月二十八日那天早上六点，到集合地点报到。

我的心脏怦怦跳。我闭上眼睛，企图让它安静下来，我跟它说话，像阿波里内告诉我的那样深呼吸……我紧闭眼睛，试着忘记它的狂暴。九五三……不知道为什么，我觉得这是个好数字。

羚妈亲了我一下，一句话也没有说。她那瘦高的身躯有汗水和尘土的味道，因为刚跑过而全身湿黏。

“喂，小羚，”老布拉第拉高嗓门喊叫，“信里到底写什么？快点告诉我们！”

“对呀，”小欣的妈妈尖声说，“我们都是你的邻居，有权知道……”

一阵狂风把她没说完的话一起吹走。

他们大约十几个人挤在我家门口，有的把头探进来，有的甚至干脆直接走进门……羚妈穿上工作服，面带微笑，给大家看那张有玛格达相片的报纸。虽然几乎没有人识字，但大家还是争着传阅那篇文章，羚妈则谈起有关马拉松大赛的事，因为她也要参加比赛……

"如果我没搞错的话，"马詹德的父亲笑着说，"你花钱是为了要赢钱！"

这句话让全场都笑了出来，羚妈和大家一起笑。

"这要看你可以赢多少。"老布拉第提醒说。

"别急！在赢钱之前，还得先跑赢。"

"如果你赢了呢？"他继续问。

羚妈犹豫了一下。

"到时再跟你们说……"

"不行，不行！"胖莱拉生气说，"我们现在就要知道！让我猜一猜……你付了五千克尔，所以至少要赢……"

"但是，我必须跑第一名。"羚妈强调。

"七千克尔？"

羚妈摇摇头。

"比这更多？……一万？"

"两万，"扎卡里说，"三万，更多？"

"五万？"萨夏说。

这数字已经很大了，但羚妈还是摇摇头。

"别再钓我们胃口了，"胖莱拉说，"跟我们说吧！"

羚妈看了我一眼，深吸一口气。

"如果我跑第一名，就是一百五十万。"她低声说。

接下来一阵静默和闷热。

胖莱拉突然一阵爆笑，其他人则看着羚妈，好像她撞到头似的。一百五十万！老实说，没有人知道这代表什么。这么大的一笔数字根本不存在，就好像我们说几兆几千亿，或是类似的东西一样。没有人可以赢这么多钱，就算从出生工作到死，甚至两辈子或三辈子都不可能！这比什么美国总统赚的钱都多。

"那这一大堆钱，你要拿来做什么？"老布拉第大叫，手里还拿着他的啤酒，"可以告诉我吗？"

"可以！"

大家都竖起耳朵，老布拉第趁机喝了一口啤酒。羚妈一直看着我，她的声音微微颤抖。

"我要让希姗达在全世界最好的医院开刀。"

21

风再大，沙尘再多，也赶不走好奇的邻居。他们聚集在门口，用各种问题轰炸羚妈。他们七嘴八舌想套出更多东西，羚妈只能一而再、再而三地解释，只是报名比赛，不等于跑赢了。

"你会赢的，"胖莱拉说，"没有人可以跑得比羚羊快！"

大家对这一点似乎都很赞同。

屋顶的铁皮被狂沙吹得震天嘎响，我躺在草席上听着门外的吵闹声和自己的心跳声。

塔邦外婆从市场回来。她坐在屋内最阴暗的角落，

卷着豆饼皮，一边低声喃喃自语："我的小公主，吸气、吐气。"外面的躁动和她一点关系也没有。她因为抽烟而变得沙哑的嗓音，听起来就像一剂镇静剂。我的心跳稳定下来了……很好，我的小笨心，加油……我算着心跳的次数，数字在我的脑子里接二连三地出现……我突然了解为什么我这么喜欢羚妈的九五三号。

我无可救药的心脏已经跳了三千四百五十一天了，也就是说，九年五个月又三天。

九，五，三。

羚妈一定会赢。

22

"希姗达，我去跑步很快就回来。"

离马拉松大赛还有二十天，羚妈每天早上都以飞快的速度消失在山丘对面。

然后一如往常，班尼舅舅背我去上学，老师带同学背诵九九乘法表，每次有人在同一个地方背错时，我都得闭紧嘴巴以免不小心笑出声来。

我把头抬起来。这个时间羚妈差不多该穿过木薯田到达山丘顶端了。九九乘法表的学习时间结束后，音乐课开始了。阿芭莉小姐在黑板上抄写歌词时，我的眼神飘向窗外。

"瓦利姆　唯图

哈潘地　凯雷雷"

大家把黑板上的歌词一行一行抄写在用来代替笔记本的小黑板上。小欣舌头微吐，粉笔嘎吱嘎吱地拼命抄写；马詹德不断写错字，忙着擦掉又重抄；我则放下笔。羚妈迟到了，她早该出现在洋槐树之间。

"阿奇瓦　天戈　马维古　亚　目瓦"

好了。

阿芭莉小姐数着拍子，一，二，三。全班开始唱。

太阳已经高挂空中，洋槐树的影子缩得很小；学校的铁皮被太阳晒得快凹陷变形了，可是还没看到羚妈。她比谁都还要清楚，待会儿会热得无法跑步。我脑子里的秒表开始乱跳。她从来没有迟到过这么久。其他人继续同声齐唱：

"阿那潘达　尼波那　维格雷格雷……"

我的注意力已经无法集中了，每次只要觉得很焦虑，我的心脏就会疯狂乱跳。

或许她今天跑另一条路线……不可能。羚妈一直都是跑同一圈，同一个方向，这样她才能知道自己跑得是快还是慢。

或是她决定今天跑得比平常久……不可能！她绝对不可能在最热的时候跑！究竟发生了什么事？

我仔细查看山丘那里，寻找她细长的身影。但是，什么也看不到。只有荒凉的土地、石头、洋槐树和漫天的红色沙尘。我的心跳加速，双耳嗡嗡作响。

"希姗达！"

耳边响起阿芭莉小姐的声音，让我吓了一大跳。我泪眼汪汪地看着她，其他同学则吵吵闹闹地离开教室。

"怎么啦？"

我呼吸急促地告诉她羚妈迟到了，迟到太久了……她马上就了解事情严重。

"你没有看到她？你确定吗？"

她拉起我的手。

"或许她跑另外一条路……"

我知道这是不可能的。

她的声音越来越远，她的面孔也逐渐消失……我无

法呼吸。我只听到心脏发出的杂音，好像它要从我的胸口冲出去。

　　等一下，我的小笨心！拜托，别闹了！

23

　　我死了吗？……或许吧……

　　怦咚……怦咚……怦咚……

　　我听到自己的心跳声。

　　死人是没有心跳的……至少我是这么认为。或者说他们的心跳轻得除了他们自己，没有人听得到。

　　或许我还算活着。

　　我的嘴里尽是苦味，是阿波里内给我的药。我试着回忆发生什么事，仔细聆听……旁边是塔邦外婆沙哑的声音。我听得到她的声音，就代表我还活着是不是？我不太确定。

我微微张开眼睛，看见月亮高挂夜空，耳中除了外婆的喃喃声，其他什么声音都没有，连豺狼也静得出奇，好像它们也在倾听。我听不懂塔邦外婆说什么。一长串的字连在一起，只有会巫术的人才懂。

我脑子里的秒表又启动了，数着我的心跳。

怦咚……嘘，怦咚……嘘，怦咚……嘘。

在我胸口内某种东西改变了。我觉得好像听到阿波里内每年不断告诫我的嘶嘶声。"希姗达，一颗健康的心不会有嘶嘶声。"但我听到的是嘘声，而不是嘶嘶声。这样很严重吗？或许我最后还是死了。

我试着发出声音。

"外婆……"

外婆好像没有听到，继续喃喃自语。她从前面摇晃到后面，烟斗红色的小火光在黑暗中前进后退。她在做什么？发生了什么事？

我突然想起来了。太阳……炙热……没有出现的羚妈……阿芭莉小姐走过来，眼前一片黑暗。

"外婆……"

"我的小公主，好好休息……"

她巨大的手摸着我的额头。我应该是还活着。

突然她把一片叶子放到我嘴里。那是她在山丘上采来的药草，一股甜味在我的嘴里扩散开来。外婆的声音很舒服，突然，我觉得自己张开巨大的翅膀，在空中飘

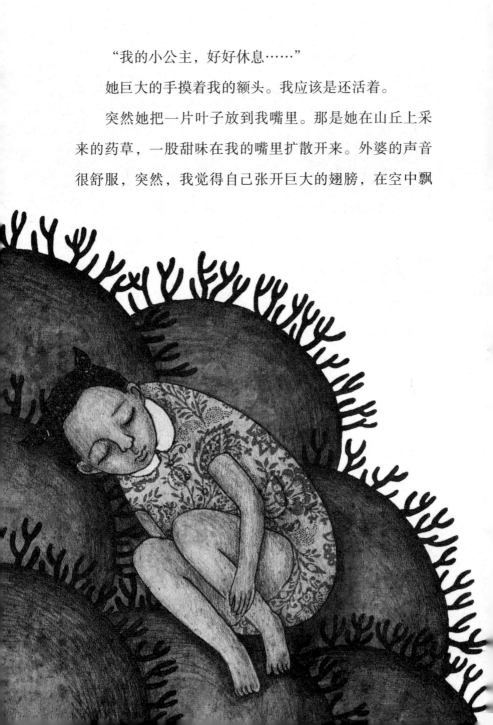

浮滑翔。我低头，看到羚妈在太阳底下跑步，修长的双腿在石头上飞奔……她没有看到我，她不知道我在空中保护着她。

我闭上眼睛，无法抵挡浓浓的睡意……

24

当我再次睁开眼睛时，日光从木板缝隙中透进来，塔邦外婆嘶哑的声音仍在阴暗中回荡。

到底发生了什么事？为什么羚妈出门跑步前，没有来看我？为什么外婆不停念着奇怪的咒语？是谁像小狗般地发抖呻吟？哦！是班尼舅舅。他蹲在门口，缩成一团，像只害怕的小动物。到底怎么了？他为何不跟他的羊群在一起？

刚刚我还觉得自己像鸟一样轻盈，现在却觉得像石头般沉重。我一直听到我的心脏发出嘘声。

"小公主，你看起来好多了。"一个声音在我耳边

低语。

我感觉一个硕大的女人靠过来。"莱拉，发生了什么事？"

她没有马上回答。

"我不知道该怎么跟你说。"她握着我的手说。

这大概是胖莱拉生平第一次不知道该怎么说！但是，如果大人这样起头，通常是发生了很严重的事情。我全身战栗起来。胖莱拉像在搓面团那样搓揉我的手。

"是羚妈。"她声音低得我几乎听不到。

我的心顿时变得像小山羊一样乱蹦乱跳。

"她……她被毒蝎蜇到了。"

小山羊的蹦跳变得失控了。

"在我们这里，毒蝎多的是。有小的、中的、大的，黑的、灰的、黄的，还有几乎是看不见的，像尘土一样颜色的。它们藏在石头下一动也不动地等待猎物。谁不小心踩到谁就倒霉。"

胖莱拉不想让我太震惊，低声慢慢说……

是阿芭莉小姐先求救的。一是为了我昏倒，一是为了羚妈一直没有出现。还好小欣先在我嘴里滴了十滴阿波里内的药。可是要救羚妈比较困难。没人知道她在哪里？红色山丘太广大了，一旦迷路可能再也走不出来。村里的人全部出动，在中午最热的时候出去找她。

"小公主，我们到处找，找了好几个小时，每个角落、每个岩石缝隙……但是，我们的羚妈好像被热气蒸发了一样。是达贾拉在傍晚时找到她。羚妈自己慢慢走到一块岩石的阴影处，她神智不清，全身冒汗。她的脚因为一种黄毒蝎的毒液而肿大发紫。"

胖莱拉叹了一大口气。

"傻子班把她带回村子里，"她继续低声说，"老塔邦外婆接手照顾她，但是……"

她的话还没说完。

"阿芭莉小姐觉得你外婆的咒语和膏药治不了羚妈。她说羚妈应该要看一位真正的医生，可是卡特罗的电话又打不通。所以今天早上，她和扎卡里一起去医院请医生，他们还要几个小时才会回来……"

胖莱拉把我拉入她巨大的怀抱里，说："傻子班

是对的。如果她穿了他送给她的鞋子就好了。"

我像风中的小草一样颤抖不已。我用阿波里内告诉我的方法慢慢

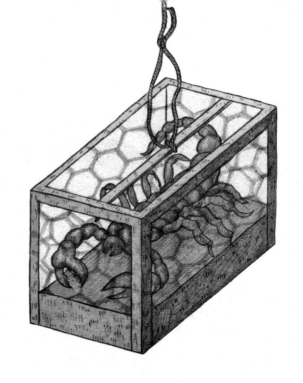

深呼吸，想让我的心脏镇静下来。轻一点，我的小笨心。别闹了，我必须去羚妈身边照顾她，你懂吗？

羚妈躺着，脚肿得又大又恐怖，一块一块黑黑的，毒液让她的脚变形了。她汗流浃背，盯着前方却没看到我，嘴边冒出一丝唾沫。

"毒……毒蝎……"她喃喃地说。

塔邦外婆半眯着眼睛，念着一些奇怪的句子，这些句子就像蝙蝠一样在屋子里飞来飞去。她有时候会在女儿的腿上涂抹一种马鲁拉树皮做的药膏。

我在她身边蹲下来。如果我们两个一起来，或许羚妈会好得更快。我跟着念那些听不懂的字。有时候我会自己乱编，这时外婆就重新开始，一遍又一遍，直到我念对为止。

胖莱拉悄悄起身，班尼舅舅仍蹲在角落呻吟，屋顶的铁皮吱吱作响。我像塔邦外婆那样闭着眼睛，念着女巫的咒语。我们的声音混合重叠，里面藏着能治好羚妈的秘密。

25

几个小时过去了。羚妈有时冷得发抖，有时汗流浃背。她的目光穿透我们，好像我们是透明的并不存在。虽然我们已经重复念了好几个小时的咒语，抹上外婆所有的药膏，羚妈的脚还是肿大发紫，没有好转。

现在，邻居们经过我们家门口时，都会压低声音。每个人都知道黄毒蝎的毒液是很恐怖的。

最后，塔邦外婆的声音也没了。她轻轻摇摇头。

"今天晚上我要去山丘那里。"

当外婆说她要去"山丘那里"时，表示情况严重到不是她一个人可以解决的，必须请求祖先的帮助。她在夜幕低垂、夜晚的鬼怪开始徘徊时出发，而她要去的地方，只有她自己知道。她会在那里待上一整夜，一动也不动，静静倾听着草地的沙沙声、豺狼的号叫声和风中祖先的呢喃声。

她说他们会给她建议，指示她该走的路。

她吸了一口烟，眼睛眯眯的盯着我看。

"但是，今晚你得跟我一起去。我老了，随时可能死去。也该是我教你这些事情的时候了……"

"外婆，你忘了我那颗无可救药的心脏。我永远也跟不上你的脚步。"

"班尼会背你，就像背你去上学那样。但这次不是城里女人教你一些没用的东西，而是我要教你一些很重要的东西。也该是传给你的时候了。"

我一句话也没说，甚至没有替阿芭莉小姐说话。我心底充满一种莫名的自豪。我从来没有去过山丘对面，我无可救药的心脏不让我去，我也从来没有在外面过夜，而且更重要的是，塔邦外婆从来不让任何人跟她去。我是第一个，也是唯一一个跟她去的人，或许因为她的祖先也是我的祖先……

　　塔邦外婆好像猜到我的心思，她继续说："当我去世后，就换你去山丘那里，聆听我在风中对你说的话。我还有好多事情要教你，第一件事就是你必须带一个礼物去。"

　　"一个礼物？"

　　"对，选一件你特别在意的东西送给祖先，他们一定会很开心的。"

26

夜幕低垂，阴影覆盖整个山丘，路径消失在荆棘和风蚀的岩石间，黑暗中，只能隐约看见一条蜿蜒的影子。除了塔邦外婆以外，大概没有人愿意来这里。班尼舅舅把我放在塔邦外婆旁边，焦虑地看着四周，呻吟着，似乎很害怕撞到鬼怪。

"班尼，没什么好怕的。"外婆咧开一口没牙的瘪嘴笑着，"你留在这里，接下来我会背希姗达过去，明天再回来找你。"

班尼舅舅躲在岩洞里蜷缩着身子，外婆挥手要我爬上她的背，我们缓步往前走，这时，四周已伸手不见五指。刚开始，我们还可以听到班尼舅舅低声哼着歌壮胆。不久，只剩下外婆的脚步声和喘息声，四周一片寂静。我把准备要送给祖先的礼物紧紧抓在手里。一棵巨大的洋槐树出现在黑暗中。

"到了，"外婆喘着气低声说，"这就是祖先之树。它在我外婆的外婆的外婆出生前就在那里了，它的根深入世界之心。"

"你好。"她低声说，摸着龟裂的树干，把一撮烟草放在树干的裂缝里，"希姗达，轮到你了。"

我也把礼物放在树干的裂缝里。"一件特别在意的东西"——报纸上的那篇文章。

洋槐树的枝干突然飒飒作响。我下意识地抱紧外婆，她点燃烟斗。

"现在，唯一要做的事，就是倾听。"

"听什么？"

外婆没有回答。我们被黑暗包围，四周除了树叶摩擦的沙沙声外，什么都听不到。我屏住气息聆听黑夜骚动的声音，我想到羚妈，想到她发着高烧，她肿大的

脚，还有那只螫到她的毒蝎……

一只虫子在鸣叫，引来上百只的呼应。豺狼在近处号叫，不知什么动物在枯黄的草地里逃窜。

我突然想到我的小笨心早就该疯狂地大吵大闹了。可是竟然没有！

我的小笨心，你注意到了吗？平常的你占据我所有心思，让我每天数着心跳，拜托你平静下来，而你今天竟然让我有好几个小时没想到你。

我要告诉你一件事：你无法想象，可以暂时忘掉你一会儿，有多么的快乐！

但是，我还要告诉你另一件事。这次的马拉松大赛泡汤了。羚妈不可能再跑步。你必须想办法挨到下次的马拉松大赛，也就是一年又十七天之后，就算跳动时会发出嘘声，也要再撑三百八十二天，你懂吗？

"怦咚……嘘，怦咚……嘘，怦咚……嘘。"我的小笨心回答我。它什么也不懂。

我突然发现外婆在唱歌。微弱的嗓音混杂在黑夜的声音中，听不太清楚。但是羚妈的名字确实一而再、再而三地出现，用同样的调子反复唱着："小羚……小羚……小羚……"

我轻声模仿。

羚妈的名字在黑夜中缭绕，混入虫鸣声，在草丛中徘徊。我闭上眼睛，嘴里不自觉地轻唱……

"小羚……小羚……小羚……"

就这样我缓缓进入梦中。突然，黑暗中出现一点白光，朝这里靠近……是一只羚羊！一只沙漠的羚羊，头上长着卷曲的长角，白色的嘴。它一步一步往前进，在我身边停下来，距离近得仿佛一伸手就可以触碰到它。不能动，千万不能惊动它……羚羊是一种很胆小的动物，警戒心很强，不会轻易出现在人的面前。但是这只羚羊用嘴轻轻碰了我一下，我可以闻到它的味道，感觉到它的毛皮、它的温度……我鼓起勇气伸出手抚摸它，它微微颤抖，但并没有逃走。

"羚……羚……羚……"

突然间，它消失在黑夜中，我的手悬在空中，不知所措。

妈妈向前跑

清晨寒冷的空气把我冷醒。我张开眼睛，天空还是暗的，只有在东方微微露出一点白光。我躺在地上，身上裹着毯子。塔邦外婆坐在离我不远的一块岩石上，嘴里叼着那支从不离身的烟斗，等我醒来。

"外婆，我看到一只羚羊。它走近我，近得我可以伸手摸到它。"

外婆笑着打开手掌。里面隐约可见用一根草绑着一小撮毛。

"这……这是真的。晚上羚羊真的来过了？"

她把食指放在嘴前。

"走吧！该回去了。"

我们还没看到班尼舅舅，远远就听到他的喃喃声。他害怕得从昨天到现在一步也没有移动。班尼舅舅像是要确定我安然无恙似的，把我从上到下检查一遍。塔邦外婆再次把食指放在嘴前。

"不可以告诉任何人。"她低声说。

27

当我们回到村里时，山谷里传来阵阵引擎的隆隆声。在日出的光辉中，远方的地平线出现一团尘烟。扎卡里的老卡车一路颠簸，后面跟了一辆白色的车子，最后停在我们家门口。阿芭莉小姐从车子里走出来，后面有一个男人提着小箱子。我一眼就认出这高大的身影。

"这家伙是谁呀？"塔邦外婆不满地说。

"是护士莫外先生。他是来医治羚妈的。"

外婆朝着灰尘吐了一口痰，班尼舅舅则加快脚步。

羚妈呼吸不规则、意识不清、目光呆滞、嘴角淌着唾沫，因为发高烧而颤抖着。

莫外帮她量脉搏，从小箱子里拿出一根针筒，装满透明的液体，试喷几滴出来。他在羚妈的腿上绑一圈塑料管，清理她的皮肤，然后毫不迟疑地一针打下去。

"傻瓜，"塔邦外婆耸着肩喃喃说，"他还以为像毒蝎那样刺她一下就会好了……"

外婆连看都不看莫外一眼，她用细绳把羚羊毛仔细捆绑好交给我。

"把它绑在羚妈脖子上，这是你的工作。"

当我碰到羚妈滚烫的皮肤时，我的心又开始横冲直撞。我用颤抖的双手把那撮羚羊毛系在她的脖子上。莫外给我会心一笑。

"希姗达，没错，我们要尽全力来帮助你母亲。"

"傻瓜！"外婆又说了一次，恶狠狠地瞪着莫外。

没有人敢动一下。班尼舅舅哼着歌，塔邦外婆继续嘀嘀咕咕，莫外双眼不离开羚妈。我呢，则是用手压着胸膛，想让我的心不要再乱跳。一撮羚羊毛怎么能治好羚妈呢？而莫外那个透明的液体，又怎能治好黄毒蝎的毒呢？

空气沉重得让我几乎无法呼吸，一只手臂悄悄伸过来搂住我的肩膀。

"希姗达，你该休息了。"

我就这样靠在阿芭莉小姐身上，闭起眼睛，很快地，成百上千个影像在我面前闪过。跑步的羚妈、毒蝎、羚羊……我多么希望阿芭莉小姐跟我说羚妈一定会治好。她知道好多事情，或许也知道这个……她说话的声音好小，被班尼舅舅哼歌的声音盖过去了。

我疲惫得睁不开眼睛，沉沉睡去。

28

　　胖莱拉的笑声像雨季的大雨一样倾盆而下，我微微张开眼睛，其他人的笑声也跟着涌进耳朵里……房子里空荡荡，没看到羚妈，也没看到班尼舅舅或阿芭莉小姐。我忘了先听自己的心跳声，就走出门外。

　　全村的人都围在我家门口，胖莱拉那高低起伏的笑声，在一片喧闹声中更显得突出。

　　"让开！"她一边大声嚷嚷，一边往我这边挤过来，"让开！让小东西可以去看她妈妈！希姗达，你看！看看我们的小羚！"

　　大家纷纷让开，我看到羚妈拄着一根拐杖，站着。

　　胖莱拉摇摇晃晃地走过来，把我轻轻举起，跳着舞，晃动满身的脂肪，把我放在羚妈面前。

　　她说："小羚，快点，走路给你女儿看看！"

　　羚妈的脸因为疼痛而扭曲，她忍着高烧的不舒服，一跛一跛地走了几米。班尼舅舅像个孩子般高兴地拍着手。

　　塔邦外婆指着一直挂在羚妈脖子上的那撮羚羊毛说："我的小公主，没有你，羚妈可能早就死了。"

　　莫外给了外婆一个灿烂的笑容，她则报以一个鬼脸。

　　"塔邦婆婆，你是对的。要结合你和我的两种医学，才能战胜黄毒蝎的毒液。"

　　他也给了阿芭莉小姐一个灿烂的笑容。阿芭莉小姐穿着一件洋装站在他身边，我差点认不出来。

29

我的心脏已经跳了三千四百五十四天，虽然跳的方式很随性，但总比不跳的好。

离马拉松大赛还有十天。

我的小笨心，忘了那天我跟你说的话吧！羚妈决定要参加马拉松大赛了！

莫外临走前，再三交代她不要勉强跑步。

"你的肌肉需要休息，直到忘记毒蝎的伤口为止。"

但是，不管谁说什么都没用，羚妈一旦下定决心，没有人可以阻止她。她用最灿烂的笑容谢谢莫外，然后第二天就开始跑了。只是当她一拐一拐地绕着村子跑了一圈后，全身筋疲力尽，脸上的表情显得痛苦万分。

大家都觉得她会因此了解到莫外说得没错，而放弃跑步。但她没有！一头羚羊就算受了伤，也要继续奔跑，她需要的只是休息一下。这次，她绕着村庄跑了两圈，每跨一步都痛苦呻吟，一方面是因为伤口疼痛，另一方面也有可能是穿了新鞋子的原因。

对，我的小笨心，你听到了吗？羚妈决定要穿班尼舅舅送给她的鞋子，虽然她的大脚不喜欢鞋子，可是羚妈很坚持，她在脚上抹了塔邦外婆秘制的药膏，一种用马鲁拉树皮研制的药膏。然后就上路了。她每天都跑得更远，每天都跑得更久。

所以，她被黄毒蝎蜇到才过了一个星期，就决定要重回山丘上跑步了。

"希姗达，"她出门前低声对我说，"不用担心，虽然我会比平常花更久的时间，但不会有事的。"

她给我看她的鞋子，然后跛着脚在黎明中远去。

这一切，我的小笨心，都是为了你和我，为了我们两个。

30

七四二十八……

邮局的车子在学校门口刹车，阿芭莉小姐突然中断她的课。

"你是阿芭莉小姐吗？"邮差一边问，一边交给她一个信封。

"我应该没有送过信给你，"他满脸笑容地继续说，"我看过很多人，有时候也许会认错，但像你这样的美女，我一定会记得……"

我张大眼睛。他拿马拉松大赛的信给羚妈时，也说过同样的句子！我想，他该不会对每个女人都说同样的话……

但是，阿芭莉小姐头也没抬一下。她马上撕开信封，拿出信来看，然后微笑着把信收进包包里。

"怎样？"邮差问，"好新奇小姐，有什么新奇的事吗？"

他对自己想出来的冷笑话得意得哈哈大笑。

"这不关你的事！"阿芭莉小姐面有窘色地说。

"但是，我知道一定有什么新奇的事……我常跑医院，一眼就认出那封信是医院寄来的。医院的信通常不会让人笑，除非是一个叫做莫外的男护士写来的……"

"你们看那里！"马詹德突然大叫，"是希姗达的妈妈。"

羚妈刚出现在山丘上，但她不像之前轻盈地奔跑，她在草丛间一拐一拐地前进，好像她的腿重达千斤。在邮差惊讶的眼神下，全班同学都冲到窗户边，包括阿芭莉小姐在内。小欣、马詹德……大家都一起呼喊："羚妈！羚妈！羚妈！"一边用力拍着桌子。

这时，邻居也都跑出来站在门口。当羚妈修长的身影继续跛着腿往前跑时，大家就像庆典时那样，开始有节奏地用力鼓掌，有些人还拿出非洲鼓，胖莱拉甚至转圈圈高声欢呼。

"你们这里每天都这样吗？"邮差满头雾水地问。

但没有人理他。

我只是静静坐着，一动也不动。因为我的小笨心不让我动，它为了替羚妈加油，自己在那里乱撞乱跳。

31

这天晚上，羚羊来的时候，大家都在睡觉……尽管天色黑暗，我看到它从远处走过来，白色的光点越来越大……直到我可以看到它纤细的四肢、蜷曲的长角和嘴上的白毛。它和我，我们对看了好久。我想要伸出手摸摸它，但我知道我一伸手它就会溜得无影无踪。所以我待在那里不动，看着它毛下的肌肉在抖动，感受它在我皮肤上所呼出的热气。和第一次一样，我几乎没看到它是怎么走的，我只注意到它略微跛腿。或许它也被毒蝎蜇到。

我微微张开眼睛，看到窗帘轻微晃动，好像风在吹，但我知道是羚妈。我听到我的心跳，怦咚……嘘。这个"嘘"声，我没有跟任何人提起，包括羚妈和外婆。这是我和小笨心之间的秘密。我顶多只能跟阿波里内说，或许他会很高兴我终于听到这个可怜的小嘘声。

羚妈蹲在我旁边，但这次我没有装睡，我们在黑暗中对看。

我的心脏已经跳了三千四百六十二天，再过两天就是坎久尼马拉松大赛了，这是羚妈最后一次练习。

贾爸昨天打电话来说，他很想念我们，还有他梦到羚妈，他相信羚妈一定会赢。接着又说，他那里一切平安，不用替他担心，他很快就会回来。羚妈也对他说，家里一切都好，她跑得跟以前一样快，黄毒蝎的毒液早就成为茶余饭后的笑话了。

可是，他们两个都骗人！贾爸不会马上回来，羚妈不像以前跑得快。晚上，我听到她低声喃喃自语："贾爸，我觉得我的腿像根木头，已经没有知觉了……"她的声音颤抖，好像快要哭出来。

她轻抚着我的脸颊，那条绑着羚羊毛的细绳掠过我的脸颊。我很想跟她说羚羊的事，但是耳边响起塔邦外婆叮咛的话："希姗达，不可以让任何人知道，任何人都不可以……"

可是羚妈又不是"任何人"……

"希姗达，待会见，我马上回来。"她溜出门外，在晨曦中一跛一跛地往前跑，就像夜里的羚羊一样。

32

扎卡里的老卡车从来没有这么漂亮过。

辛波拉在引擎盖上画了一只跳跃的羚羊，我和小欣一起用各种颜色在车门写上"小羚第一"四个字。

羚妈一定会赢得比赛，大家都这么认为。

胖莱拉大声唱着自己编的"小羚胜利

107

歌"，副歌的部分很简单，就是大家一起拍着手，大唱几十遍的"小羚第一"。整个村庄除了"小羚第一，小羚第一……"的声音以外什么都听不到。班尼舅舅一边抬头哈哈笑，一边像熊一样地打转。老布拉第扯开嗓子大声欢呼，阿芭莉小姐则穿着她那身红色洋装在旋转飞舞，连外婆都半眯着眼睛，笑得满脸皱纹，在人群中跳舞。

只有羚妈不在那里。

好吧……不只她，还有我，我们正在打包她的行李。其实也没什么，就是一个小袋子，里面装着一件洋装，一件羚妈只有在大场合才会拿出来穿的蓝色洋装。

"谁知道会发生什么事……如果我跑赢了，或许该打扮一下。"

羚妈说完笑了，她用巨大的手臂环抱着我，而我什么也没说，话卡在我的喉咙里。门外，其他人还在疯狂地唱歌跳舞。现在羚妈要走了，我却希望她留下来。我那无可救药的心脏已经胡乱跳了三千四百六十三天了，或许阿波里内根本就彻头彻尾地搞错了……或许我天生就是这样，没有人可以替我做什么。

羚妈轻轻推着我。

"希姗达，别这样，我该走了。你知道，坎久尼很远……"

我知道。我们和阿芭莉小姐一起看过地图。那是这个国家的另外一头，比去医院还要远，扎卡里说开车至少要十五个小时才到得了。整个村子就只有扎卡里去过那里，他是当兵的时候去的。

"一个超级巨大的城市，"他指着远方的地平线说，"住在这里的人是很难想象的。"

他把香烟丢在沙子上踩熄，看着羚妈。

"我们走了……"

羚妈毫不费力地把我举起来，抱着我跳几步舞，最后亲了我一下。班尼舅舅把我扛在肩膀上，然后，扎卡里就在一贯的隆隆声中启动了他的老卡车。其他人拼命又叫又跳地唱着"小羚第一"。还好我的心脏不太想捣蛋。它终于了解到这一切都是为了它。

"待会见！"羚妈对我大叫，"希姗达，我很快就回来。"

我努力想摆出一张最美的笑容，却没办法做得很好。老卡车开远了，但是班尼舅舅不想站在原地。他紧抓住坐在他肩上的我，跟在扎卡里的车子后面拼命跑。车子的速度愈来愈快，班尼舅舅就像没有人可以阻挡的斗牛那样拼命往前冲，我则跟着剧烈晃动。当扎卡里的老卡车只剩下路的尽头那一小团灰烟时，他才气喘吁吁地停下来，倒在地上放声大笑。

我那无可救药的心脏最痛恨这种疯狂的举动，又开始搞起恶作剧来。我只能一动也不动地躺在班尼舅舅旁边，大口喘着气，一边试图压抑住胸口的风暴。天地在四周不停旋转，我感觉好像坠落无底洞中，眼前漆黑一片，心跳愈来愈猛烈，班尼舅舅的声音听起来好遥远，他的大笑声不知何时转变成哀号声。

有人在我嘴里滴了几滴阿波里内给的苦药。晕眩停止了，我的心脏也慢慢恢复平静，但我还是不敢动。我不知道自己从昏倒到现在到底经过了几秒或更久。

我睁开眼第一个看到的东西，就是班尼舅舅被泪水

湿透的脸颊，然后是勉强挤出笑容的小欣和辛波拉，还有对我眨眼的胖莱拉。

“慢慢来，”塔邦外婆用沙哑的声音喃喃说，“吸气、吐气。”

我仔细聆听，怦咚……嘘，怦咚……嘘，我还活着。

我的小笨心，再多撑一会儿，至少撑到羚妈赢了。

33

　　"让开！你们这些人，快让开！"是卡特罗。他上气不接下气，使尽全力拖着一个巨大的纸箱。

　　"傻子班，帮忙一下！这里……像这样……小心！会摔坏。"

　　卡特罗和班尼舅舅把纸箱放在我们家门口的洋槐树下。

　　"这是什么？"有人问。

　　卡特罗一副神秘兮兮的样子。

　　"这是让小希姗达可以看她妈妈比赛的东西。"

　　看羚妈跑步？其他人靠上来之后，卡特罗用十分戏剧化的动作把纸箱打开。

"就是这个！"他得意洋洋地说。

四周一片寂静，连苍蝇翅膀振动的声音也听得到。第一个打破沉默的人是胖莱拉。

"电视机！"

大家都睁大眼睛。电视机？我们这里？马詹德的父亲轻轻笑起来。

"不愧是卡特罗，但你忘了一个重要的东西。"

"是吗？"卡特罗笑着问。

马詹德的父亲哈哈大笑说："在看你的电视机之前，这里得先有电才行……"

卡特罗露出得意洋洋的笑容。

"傻子班，跟我来。"

班尼舅舅笑嘻嘻地跟在卡特罗后面，嘴里哼着轻快的歌。不一会儿，他们拉着一个有轮子的怪东西，放在电视机旁边。卡特罗一句话都没说，只是把一桶柴油全部倒进油箱里。他推一下操纵杆，按一下按钮，再用力拉了一下一根粗粗的线……一阵噼噼啪啪响之后，那个怪东西就启动了。

"这是发电机,"卡特罗说,"可以制造电。"

"可是你从哪里弄来这个鬼东西?"

卡特罗把食指放在嘴前说:"这是商业机密。"

他把电视机插上发电机,拉直两根天线……成百上千个彩色小点出现在屏幕上。大家争先恐后围观。

"这是什么?"

"等等,要调一下。"

卡特罗在天线上绑了一根铁丝,接到一根生锈的耙子上。

"马詹德,帮我把这个放在树上,越高越好。"

马詹德爬上树。

"再高一点……左边……右边一点……再过去一点……"

突然,大家隐约看到几张面孔,一个女人和一个男人正在说话。

"不要动!"汗流浃背的卡特罗大喊。

画面一直出现快速移动的线条而看不清楚,发电

机的噪音更让我们什么也听不到，但是卡特罗似乎很高兴。男人和女人的脸越来越靠近，最后亲吻了一下。所有人都笑翻了。

"你确定我们可以看到小羚在那上面跑吗？"胖莱拉笑得一边擦眼泪，一边问。

34

　　我的心脏已经跳了三千四百六十四天，距离马拉松大赛只剩下零天。再过几个小时，羚妈就要开始跑了。

　　我整晚睡不着，一直想着这件事。到坎久尼要十五个小时，她应该已经到了。像这样的大城市到底是什么样子？到处都是马路，成百上千的人和车子挤得动弹不得，羚妈该如何在这些人群中跑步？

　　塔邦外婆喃喃自语地翻来覆去，班尼舅舅也是。我听到他在外面哼着歌，那表示他也没有睡。或许全村没有人睡得着，每个人都在想着羚妈，连豺狼都在山丘上号叫，虫儿在草丛中鸣叫，蝙蝠在洋槐树四周盘旋。我的眼皮在不知不觉中闭上，所有的一切混在一起，夜的黑暗、豺狼的号叫、班尼舅舅的歌声……我渐渐意识模糊。

羚羊好像等这一刻等很久了，它突然出现，跛着脚走过来……我闻到它的味道，感觉到它的气息，然后，它又像阵风似的突然消失。这时，夜晚的喧闹声又回来了，我想到羚妈就快开始跑了。

黑暗中，我隐约可以看到塔邦外婆起身，在屋子里走来走去。"小公主，吸气、吐气。"她说，好像她知道我根本没睡着。

我一动也不动，听着虫鸣，想着羚妈，闭上眼睛，仿佛可以看见在黑暗的尽头，羚羊回来了。

35

"希姗达……"

胖莱拉轻轻摇着我，我听到外面的喧闹声和发电机的轰轰声。

"快开始了。"胖莱拉轻声对我说。

全村的人都围在卡特罗的电视机前，眼睛盯着屏幕看。这是村子里第一次有电视可以看，许多画面一幕一幕掠过。我看到塔邦外婆一个人待在远远的角落。她坐在那里，抽着烟斗，一边唠唠叨叨地念："真实世界里的人，怎么可能像卡特罗的电视里面那样薄？"

我坐在屏幕前，在小欣和辛波拉旁边。

一个穿着讲究的女士直视着我们。她一直保持微笑，一边讲着话，可是我们什么也听不到，因为发电机的引擎声实在太大。有时候一阵风吹动洋槐树枝，那女士的脸就随着风扭曲变形。

"……马达加斯加的示威游行，造成数人死亡……"

屏幕上，一群愤怒的人对警察投掷一堆东西，警察则一边对着人群冲过去，一边用警棍打人。那个女士又出现了，还是一样面带笑容，好像什么事也没发生。

"现在是体育新闻。"她一边说，一边转向一个打着领带、略微肥胖的先生说话，这个先生看起来不太常运动。

一阵风吹来。画面又不清楚了，什么都看不到，大家都尖叫起来。卡特罗赶紧弄一弄天线……画面又回来了。

"……坎久尼马拉松大赛即将开始。"

大家连句话都不敢说，连个动作也不敢做，每双眼睛都紧盯着屏幕看。在发电机的轰轰声中，班尼舅舅突然尖声大叫。

上千人挤在那里，在原地跳跃。每个人都挂着号码牌，有黄色的、绿色的、蓝色的、红色的……他们头上，一张巨大的布条随风飘扬，上面写着"第十届坎久尼马拉松大赛"。

"小羚在哪里？"老布拉第大嚷。

"她是几号？"胖莱拉问。

"九五三号，她是九五三号！"

当我努力在人群当中找九五三号时，我的心脏又不听话了。小欣和辛波拉也在找，其他人也是。老布拉第不知道数字九五三长什么样子，但是他的眼睛一刻也没有离开屏幕。画面一直在动，我们看到一些人，然后是另一些人……我们永远不知道我们在哪里。扩音器大声嚷嚷，参赛者突然挤在大布条下。

还是没有看到羚妈。

"砰！"的一声枪响，混乱中参赛者们动了起来，比赛开始了。电视画面先是跟着前面的领先组走，一群男女挤在一起跑。羚妈在哪里呢？我在屏幕各个角落拼命找也找不到。我的心在打鼓。求求你，我的小笨心，安静下来！一场马拉松赛是四二一九五千米，现在才刚开始前面几米而已。

摄影机离开最前面的领先组。

"那里！"辛波拉突然大喊，"她在那里！"

她用手指着屏幕。我的心差点跳出来。

"小羚加油！"胖莱拉大叫。

但是，才一晃眼，羚妈修长的身影又消失在屏幕中。

那个勒紧领带的运动专家又出现在屏幕前，他宣布："坎久尼马拉松大赛的实况转播将在一小时后继续进行。"

36

除了连电视长什么样子都不想知道的外婆和去找
啤酒喝的老布拉第,大家的眼睛都紧紧盯着电视屏幕。

画面一个接一个播
放。一些要很有钱
才买得起的东西,
如车子的广告不断
出现,这些东西在
卡特罗的店里从来
没见过。一个身材
曼妙的女子一身

金碧辉煌，扭腰摆臀地唱着歌，胖莱拉也学她的模样跳舞，大屁股晃个不停。

"这小妞像我一样可爱，"她大笑，"只是少了几十公斤！"

大家听了哈哈大笑，只有我没有笑，我想着跑步中的羚妈，不知道她是否追上了跑在最前面的那些人。接着是其他歌手的画面，还有其他广告……过了一段难熬的时间后，打着领带的那个家伙才又终于出现，脸上堆满笑容。他讲的话有一半都听不清楚，因为发电机的声音实在太大了。

"现在开始坎久尼马拉松大赛的实况转播，我想……"

一阵狂风吹起漫天沙尘。我赶紧用衣服遮住脸，避开我的头号敌人。画面摇摇晃晃，然后又消失了，变成成百上千个小光点。有好几秒的漫长时间，我们什么都看不到，什么都听不到。卡特罗急得像热锅上的蚂蚁，马詹德赶紧爬上洋槐树把耙子固定好……

画面又回来了，比之前更扭曲，而且是从很高的角

度拍摄的，那些在坎久尼马路上的参赛者就像蚂蚁一样小，而其中一只小蚂蚁就叫做羚妈。记者好像也在现场跑步一样地呼吸急促。

"在男选手方面，"他大声嚷嚷，"比赛一开始似乎就胜负已定。埃塞俄比亚选手海乐一路领先。但在女选手方面，出乎意料之外，领先组里有一位不知名的女选手，号码九五三号。我看一下……是……对，是玲拉·马宾塔。她从来没有参加过任何马拉松比赛，但一开始，她就紧跟着去年的冠军玛格达……"

摄影机停在羚妈汗流浃背的画面上，大家疯狂尖叫，而我则闭起眼睛，不准我那无可救药的小笨心轻举妄动。

我听到群众的加油声，还有现场记者急促的播报声，最后打领带的胖家伙说："比赛结果令人期待，请不要转台。"我想这是不是因为羚妈的关系。

广告和歌手又回来了。突然一阵强风晃动屋顶的铁皮。沙暴扫过整个村庄。屏幕只剩下一条条曲线。画面晃呀晃，闪呀闪，然后整个消失了！

"哦！"大家绝望地呼喊。

沙漠的风用它的方式欢庆这场马拉松大赛。

班尼舅舅用他那巨大的臂膀护着我，尖声哼唱，他只有在担忧的时候才会这样；小欣则握着我的手；阿芭莉小姐希望我能进屋子里避避风。这怎么行！在屋子里，我就看不到羚妈赛跑了！

我无可救药的小笨心一点也不喜欢这些事。赛跑也好，风暴也好，它都不喜欢。它一直发出嘘声和怦咚声，好像我的胸腔里在刮着狂风暴雨。我闭起眼睛，我要忘记我的心脏、沙尘和风暴。我小口小口地呼吸，脸藏在班尼舅舅充满羊骚味的衣服里。

我的心有点痛，感觉好像有一根细长的针慢慢刺进我的胸腔里。

等一等，我的小笨心！再等一下！羚妈就快赢了……她答应过我们。

37

时间飞逝。也许过了很长一段时间，也许没有那么长，我不知道。我脑袋里的秒表有史以来第一次出故障了。班尼舅舅哼着歌，远处角落的塔邦外婆不动如雕像。其他人都粘在屏幕前。当画面消失时，他们同声大叫"哦！"画面又出现时，他们则同声大叫"啊！"

"坎久尼马拉松大赛现在……"

突然冒出一句，然后又一阵无法辨识的吱吱嚓嚓声。我缩在班尼舅舅的臂弯里不敢动，但胸口的那根针越刺越深。

屏幕上，可以隐约看到一群人。第一个抵达终点的人高举双手，几乎在终点线跌倒，然后整个人趴在地上。人们冲向他，他因痛苦而扭曲的脸孔占据整个画面。

"男子马拉松赛的冠军是海乐，这是他第五次赢得这个马拉松大赛。"记者喊得声嘶力竭。

"这关我们什么事！"胖莱拉不满地大声嚷嚷，"我们要知道小羚怎么了！"

像魔法一样，羚妈的面孔一下子出现……一下子又马上不见，被一阵穿越村庄、如群兽般怒吼的风吹走了。

屏幕上各种颜色的线条像小蛇般扭曲着。卡特罗挥着汗大骂。

电视发出吱嚓、哔哔、吱嚓……的声音。然后声音和画面又出现了。

"……领先组的参赛者，"记者嘶吼着，"只剩下两千米了。"

羚妈跑在第三名的位置，可是号码八四零的选手紧跟在后。

840=4×5×6×7。我脑中闪出这个算式。里面没有一，没有二，也没有三。所以八四零号的选手不会是第一名、第二名，也不会是第三名……但她却离得很近，紧跟在羚妈后面，羚妈则是每一步都摇摇晃晃，好像快要倒下去一样。她那只被毒蜇到的脚似乎很痛。

"九五三号看起来非常痛苦，"记者大声嚷嚷，"不管她是谁，或第几名，对一个初次参加比赛的选手来说，她已经跑出一个亮眼的成……"

风四处搅动着洋槐树的树枝。屏幕又开始摇晃，变暗。我们再也看不到任何东西了。

我的心脏冲撞着肋骨。画面重新在沙暴中出现。我眼前有好多星星飞来飞去，不知道是我脑袋中的影像，还是电视机里的画面。

"怎么办？"那声音继续用力喊，

"九五三号会在这么接近终点的地方放弃吗？"

刺穿我胸膛的那根细针又往里面刺进一点。羚妈刚刚停下来，摄影机特写她痛苦的表情，八四零号选手马上超越了她。

"小羚加油！"一个声音叫起来。

全村跟着大喊。我的胸膛刺痛得几乎无法呼吸。我紧靠在班尼舅舅身上，希望他顽强的生命力可以解救我。

羚妈一把脱掉她的鞋子，把那双鞋丢得远远的。班尼舅舅担心地惊呼，羚妈则摇摇晃晃地站起，光着脚跑起来。

"小羚加油……小羚加油……"

她像是摆脱了重担一样加速奔跑，她的脚似乎忘了黄毒蝎的毒液。她一定要追上八四零号，拼命跟在她后头……

在我的四周，大家拍着手，用尽力气大喊，好像羚妈在那里可以听得到。一切都变得模糊。或许是电视，或许是我的心脏，我不知道。

羚妈超过八四零号了！

记者和村子里所有的人，都尖声欢呼起来。

我的小笨心发飙了，冲到我的脑袋里！肚子里！手臂里……血液一边发出嘘声，一边在我的身体里沸腾。"希姗达，一颗健康的心不会有那种嘶嘶声。"我觉得我的心脏就要爆炸了。

班尼舅舅什么都没有注意到，他专心地跟着羚妈的每一步喊叫。

"……她正要追上跑在前面的那两位选手。这个女选手太不可思议了。她要用一万米赛跑的速度跑完整个马拉松，好像没有任何东西能……"

风把卡特罗的天线吹走，耙子在一阵巨大的声响中，从洋槐树上滚下来。

我的耳朵嗡嗡作响，我好痛。

巨大的旋涡把我卷进去。

所有的东西都消失了。

38

到处都是亮光。

我再度闭上眼睛，觉得自己就像盯着太阳一样睁不开眼睛。

只是这不是太阳。

在我的眼皮后面，有一个影子晃过。

离我很近。或许是那只羚羊回来了……

我仔细聆听……听不到我的心跳声。

所以，我死了。

39

到处都是亮光。我的眼睛紧闭着，影子又回来了，一只手放在我的手臂上。

"希姗达……"羚妈的声音。

我活了第几天了？不对！我忘记我已经死了，我听不到我的心跳声。但我却可以感觉到羚妈手的温度，听到她的声音……

"希姗达……"

这次，我微微张开眼睛，寻找羚妈。我只看到她的眼睛，其他一片白茫茫，一件白色的工作服，一顶白色的帽子，一个白色的口罩遮住大半个脸……或许人死了

的时候就是这样，全部都是白色的。

我重新闭上眼睛，倾听羚妈的话。这次的坎久尼马拉松大赛，她没有得第一名，也没有得第二名，只得到第三名。但是那些记者对她很好奇，访问了她上千次。全世界各个角落都可以看到她在讲我那小笨心的故事。

羚妈的声音渐渐沙哑。

"希姗达，你知道吗？有些人开始捐钱。钱从世界各地涌进来。这些钱足够我们坐飞机去世界上最好的医院，请最好的医师来帮你开刀……"

我的双眼紧闭，不想睁开眼睛，只想沉浸在羚妈巨大的影子在我身旁的感觉里。

她说贾爸打电话来，说他很想我。而且他很好，一切平安，大家不用担心，他很快就会回来。

然后，这里的雨季已经开始了……

我觉得有点累，无法继续专心听下去。羚妈注意到了，就不再说话，只是默默握着我的手。

四周笼罩着一片寂静，安静得出奇。我忍不住竖起耳朵，想听听看究竟少了什么声音。

可是，我再也听不到那个熟悉的声音了。

原来拥有一颗跟大家一样的心脏就是这种感觉吗？

不能听到你的声音……就好像你不在那里，是不是？我的小甜心。